JN173628

燕京

日原 傳

ENKEI

Hihara Tsutae

ふらんす堂

目次

句集　燕京

第Ⅰ章

新しき鯉を入れたる雪解水

ふるさとの地図を読みをり鳥曇

常節や昭和の人と括られて

うかれ猫ヘリオトロープ嗅いで去る

虫出しの雷と聞きたる水辺かな

子を生みて闊歩の麒麟水温む

紫荊亞父の言葉に従はず

花吹雪にはとりにして真貌かな

電柱のめぐりを残し耕せり

風の如く林の如く初幟

学校のしづかに螢袋かな

旅にして独りの田植ゑ見てをりぬ

つらきほど雨降りつつむ花菖蒲

夜の卓の子の皿に来て子蟷螂

日蝕の藻の花冥くなるところ

蝙蝠に祭の柱立ちにけり

まくなぎや堂々巡りはてもなく

噴水のひとりひとりに夕日かな

対岸の人よく映る秋の水

岩に巻く鋼のロープ葛の花

獺祭忌蟬殻ためて子の机

まだのみど無き鶏頭でありにけり

警笛のしきりに葛の吹かれをり

折れやすき色鉛筆や草の花

子の声の変りて秋の夜空かな

蜘蛛掛くる糸に相寄り秋薊

新しき石垣積んで落し水

蘆刈つて明るき雨となりにけり

長き夜や老子を訳すトルストイ

象潟へもみづる渓を急ぎけり

冬に入る帛書老子の折り癖も

海暮れて霜降かますとはよき名

縄跳びやときどき見ゆる縄の色

うつくしく畝切つてある冬至かな

首筋の隆々たるや寒鴉

寒鯉の深きところを進みけり

近きまで轍の跡や龍の玉

地の果てに売る鮟鱇のうらおもて

第Ⅱ章

七曜の色みな違ふ初暦

老人が梅の遅速をつぶやきぬ

手を振つて水を切る人梅の花

老梅のゆたかに夜空うるみけり

竹林を靄のぼりくる雛の家

春風や明器の鳥をいつくしみ

普請する人に抛られ蝌蚪の紐

突き当たる昔の道や山桜

この霧の育てしといふ新茶かな

ぎこちなく咲きたる百合の吹かれをり

巻頭にロダンの言葉緑さす

新旧のトンネルの口青葉騒

薬降る日よ金銀の鶴を折り

苦瓜の花うつくしき都かな

夕暮や籐椅子を置く長廊下

一枚の水のねぢれや作り滝

礼拝堂円形なれば青芝も

次々と告ぐる山の名涼新た

高秋や沙漠に尾根のつぎつぎと

秋風や尾根ゆく駱駝数珠つなぎ

秋燕沙漠に影を流しけり

鳴き砂を踏み蜻蛉に囲まるる

馬肥えて石炭景気続くなり

高粱（コーリヤン）や黄河溢るる話など

竹の籠紫檀の籠や虫を売る

獣骨を磨きて虫の籠とせる

虫籠の天地に虫の刻画かな

屋根をもつ虫籠にして宙に吊る

闘蟋を一壺一壺と覗きけり

古木にて道は曲りぬ豊の秋

凧揚げて凧を売りをり小六月

青銅器銘文にあり駱の字

狐火を語り講義の終りけり

蕪村忌や圏点朱き漢詩集

猿曳の猿竹馬に執しけり

鬼となるべく節分の帰路の星

孔廟に祈る少女や春の雪

月の色赤しと思ふ遠蛙

地震続く日々山国の畦を焼く

すぐそこにトンネルのある畦を焼く

第Ⅲ章

虚子の忌と思ふ霾る国に着き
そのかみの燕の都のすみれかな

たんぽぽや離宮の池の耕され

桃連翹桃連翹と土埃

転がって柳絮の太る都かな

日は月のごとくに薄れ霾れる

歩きつつ冠に編む柳かな

こつこつと鵲が巣を作る音

大陸は一気に夏や更衣

南風や暗渠の蓋に燕の字

棗の実二つ入りたる粽かな

夏燕湧くごとく又降るごとく

河骨や尾をひるがへす石の魚

猫眠る黄雀風の吹く窓辺

老杉の幹の湿りやかたつむり

廻廊に蓮見の人の忘れもの

長征の途中に虹を詠じけり

ゆるやかに反りたる橋に涼み人

蒙古より吹く秋風となりにけり

秋風や胡同の男腹出して

道端に売る冬瓜やきのふより

虫売の一夜の店をたたみけり

遊船の絨毯赤き無月かな

白塔へ舟廻したる無月かな

菊花展山近ければ栗鼠走り

石畳そこここ欠けて木の実かな

鵲や廻廊蹴つて飛び立ちぬ

朝寒や波打ちて飛ぶかちがらす

鵲が踏み人が踏む落葉かな

鵲と鴉の分かつ大冬木

息白く九龍壁の前に立つ

京劇のさはりを唱ふ氷湖かな

氷上の鴨に口笛吹く男

氷湖より杭抜く仕事冬送る

水草けふ氷の下に見ゆるかな

ひねもすに湖の老氷解くる音

じぐざぐに続く廻廊水温む

よなぼこり喪家の狗と罵りぬ

天津や夜景の空にいかのぼり

要塞の土のこぼれや春の潮

第Ⅳ章

たんぽぽのまぶしき国と思ひけり

初蝶は黄なり法隆寺の方へ

蝌蚪の押す木片やがて廻りだす

大寺の風よく通る花御堂

孔廟の黒き列柱夏に入る

うなづいて本読む人や若楓

鴨の雛みな乗つてゐる浮葉かな

六月や黒猫のゐる栗畑

ぶつかつて蜂の去りたる栗の花

菖蒲田へ山より水を落しけり

傷のある指を選びぬ天道虫

写生する子に剪つてやる額の花

ざりがにの肘上げしまま流れけり

大小のざりがに放りこむ盥

転びたる文字の親しき夜の秋

機織の素足のままに桐一葉

花木槿しゅるとんとんと機を織る

機を織る色なき風の中に坐し

また迷ふ旅館の廊下秋の蟬

洗ひ場の砥石乾きぬ鳳仙花

交みたる蜻蛉にして壁を打つ

草刈つて残る風船葛かな

東せる西せる亀や放生会

尾と頭いづれも尖る蜈蚣かな

ひややかに仏頭のみが残りけり

隣りあふ糸瓜苦瓜風の中

寒林を来て切株の献花台

一木を祀りて春を待ちにけり

水仙の折れに折れたる処かな

猿曳や猿より深き礼をして

雪解川小学校の灯りたる

雛の店出て夕焼けの町となる

もの干して弓道場や猫の恋

さざなみは蝶へひかりを返しけり

第V章

蒼茫と急ぐものなし春の空

チューリップ杉菜のなかに咲いてをり

たんぽぽの花粉を食うて育つもの
黒髪を垂らし覗きぬ蝌蚪の国

遠足の一団とゐる渚かな

花冷の手を差し出して別れけり

雨粒の模様めきたる著莪の花

砂浴びの雀に緑さしにけり

売店に迷子をりけり青嵐

糸曳いて毛虫の降りてくるところ

三伏の蠍を食はす屋台かな

羽抜鶏土塀の門を出できたる

新涼や扉のひらく紙芝居

荷車になかば疲れし葡萄売る

切株が土俵蟷螂あはせの子

霧籠めに貨物列車の長さかな

ゆるやかに踊る山河のやさしさに

姉の帯摑みてそれも踊の子

駅の名は峠と言ひぬ秋の蟬

影を消すためもう一つ秋燈

音立てて新米に手を差し入るる

味噌汁に知らぬ茸や眺め食ふ

運動会の白線を消す竹箒

しばし手を樹に当つる人黄落期

旧道の変はらぬ幅の小春かな

髭剃らず枯萩を刈る日曜日

粉々の落葉の道のありにけり

火山湖に浮く客船や十二月

洪鐘を据ゑたる山も眠りけり

すぐ泣く子すぐ笑ひだす福寿草

一包み伊勢の国より寒卵

春節や走つて廻す風車

剪定の木口の雫葡萄園

あたたかき夜なり赤子のひとりごと

第Ⅵ章

春風や赤土を手に割つて見せ

陽炎の音聴いてをり犬の耳

苗にして松の緑や植木市

噂や発掘現場覆はれて

発掘の柱の穴やあたたかし

さしすせそまだ言へぬ子や桜草

噴水は遠き花壇を濡らしけり

なめくぢの間を通る蝸牛

淋しさは駅の昼顔刈られたる

物置の頑固な扉立葵

慎重に虱といふ字書いてをり

蚤虱語り芭蕉を論じけり

海亀の涙の照らし出されたる

井戸の闇出て螢火の目指す闇

燕京や一斉に湧くかたつむり

向日葵や渭水を越えて旅はじまる

井戸を掘る男らに垂れ石榴の実

こほろぎの貌敷藁の間より

綱引きの綱が到着天高し

くさむらに風の風船葛かな

誰何するごとく鶏頭立ちにけり

毒茸をしつかと踏んで下りけり

子の折りし鶴に眼のある秋の暮

百合鷗スワンボートの頂に

何を編むカナリア色の毛糸玉

霜柱赤子を抱いて踏みにけり

薔薇園の芯に噴水十二月

大寺やどつかと坐り松飾る

初電車雪の近江に着きにけり

御降りや大津の宮の跡といふ

碑を読むかほをして初鴉

春風や韻を踏みたる双子の名

雛の前しやつくりをする赤ん坊

蟷螂の卵を濡らす春の雪

第Ⅶ章

剪定の一人一人の脚立かな

連翹や犬に語りて疑はず

どぶろくをどんと置きたり山桜

花を喰ふ鳥を見てゐるうすぐもり

翡翠を追ふ翡翠の迅さかな

翡翠や二閃三閃して戻る

孔廟の空に吹かるる蛇の衣

人の立つ明るき方へ錦鯉

鯉跳ねて祭の人を驚かす

高台に開拓神社草を刈る

はんざきや座礁のさまによこたはり

はんざきは手足幼きままに老ゆ

恋をして山椒魚は闘ひぬ

渾身の大波つくる日焼の子

その人の颯と跳びたる軽羅かな

靴を見て靴紐結ぶ土用波

捨舟に坐つてゐたる日傘かな

ゆく夏や埋めても窪む落し穴

暑きゆゑ少しおろかに暮しをり

暑き夜やすつくと子ども立つ布団

塵取を持ちて溽暑の中に立つ

印泥の粘りの赭や秋暑し

真葛原まつすぐに子を抱きあぐる

関ヶ原一つ畠に柿と栗

柿の実のその明るさよ不破の関

光る蠅来てをり紫式部の実

月の差す方へ跳ねたるいとどかな

マンションの積みなす窓よ十三夜

補助輪を外して黄落の中へ

照り翳る鉄扉の前の花八ッ手

冬ざれや弟連れて女の子

石抛る男と女冬の水

掘れば出る標準化石冬旱

凍空や吹いて売らるる鳥の笛

鯨見に来たる小島に長居せり

寒晴や水琴窟を子に教へ

太き鯉しづかにありぬ雪催

探梅のまづ見つけたる昼の月

滾々と湧き初富士を映す水

春着の子鹿煎餅をひと齧り

第Ⅷ章

魯の国の春服の子の五六人

田楽や老いたる山を正面に

海山の伊豆の国なる辛夷かな

青饅や海のうねりを遠く見る

対岸は降りられぬ土手鳥の恋

花冷や二人でたたむヨットの帆

靴紐をはじめて結ぶ端午かな

竹林に百合を咲かせて暮しけり

三匹の蟻の運べる骸かな

金蠅と若草山に登りけり

蛞蝓の這ひたる跡や檸檬の木

蜜豆や子にそれぞれの糸切歯

ひび割れて舗装路終る立葵

白靴や神社の土のうつくしき

玄関によその猫をる朝曇

ふつくらと土用蜆でありにけり

草叢を棒で打ちゆく大暑かな

鯉鯰草魚黄河の魚尽し

熱砂行駱駝一頭づつ起たせ

すぐそこに沙漠の迫る青棗

その辺の棒を拾ひて棗打つ

曼珠沙華虎丘の塔の傾きに

肩丸き大きな壺や秋に入る

壺に描く近江八景秋の風

足利の釈奠秋気澄むころに
かたまつて暗渠の上に門火焚く

台風は去り赤松に夕日かな

垣越しに見ゆる芒の吹かれをり

返り花しんと土俵のありにけり

戛々と冬の噴水見つつ過ぐ

咆哮の虎を大きく金屛風

読み書きの一寒燈を分け合ひぬ

白鳥の汚れて強く鳴きにけり

虎落笛瓶の蜂蜜減つてをり

潜く鴨闘ふ鴨に入日かな

どんど火に仰臥の達磨焚かれけり

盆梅に長きホースを引きずれる

銀世界とは白梅の咲くところ

みつまたの花の老残風の音

石鹼玉港の見ゆる丘に吹く

菜の花の二かたまりや海士の家

幹に噴く花にくちばし使ひけり

むささびのこと語りだす桜守

花の山熊の剝製見てゆけと

あとがき

本書は私の第四句集である。平成二十年より二十九年までの作品の中から三百余句を収録した。

句集名の「燕京」は北京の異称。平成二十三年の四月から一年間、交換研究員として北京大学構内の勺園五号楼という宿舎で暮らした。小さな子どもがいたため、旅には出ず、妻子とともに大学構内でひっそりと過ごした。その一年間の生活が、もっとも強く記憶に残っている。句集名を「燕京」とした所以である。第Ⅲ章はその北京滞在詠で構成した。

本句集を編みながら、句座をともにした方々の折々の言葉が思い出された。俳句によって繋がる方々に感謝の意を表したい。

平成二十九年七月

日原　傳

著者略歴

日原　傳（ひはら・つたえ）

昭和三十四年、山梨県生まれ。昭和五十四年、東大学生俳句会入会。小佐田哲男、有馬朗人、山口青邨各先生の指導を仰ぐ。平成二年、有馬朗人主宰「天為」の創刊に参加。句集に『重華』『江湖』『此君』（第三十二回俳人協会新人賞）、著書に『素十の一句』がある。現在、「天為」同人・編集顧問。俳人協会会員。日本文藝家協会会員。

連絡先　〒102-8160　東京都千代田区富士見二-一七-一
法政大学ボアソナード・タワー二四〇三号

句集　燕京　えんけい

二〇一七年九月二三日　発行

定価＝本体二五〇〇円＋税

●著者――日原　傳

●発行者――山岡喜美子

●発行所――ふらんす堂

〒一八二―〇〇〇二東京都調布市仙川町一―一五―三八―二F

TEL 〇三・三三二六・九〇六一　FAX 〇三・三三二六・六九一九

ホームページ http://furansudo.com/　E-mail info@furansudo.com

●装幀――和　兎

●印刷――株式会社渋谷文泉閣

●製本――株式会社渋谷文泉閣

落丁・乱丁本はお取替えいたします。

ISBN978-4-7814-1000-5 C0092 ¥2500E